오늘

당신을
용서합니다.

년   월   일

오늘

당신에게
용서를 빕니다.

년   월   일

국립중앙도서관 출판예정도서목록(CIP)

잃어버린 용서를 찾아서 : 단상노트. 1 / 지은이: 신광순. -
- [안양] : 시인, 2018
     p. ;   cm. -- (시인인문교양서 ; 003)

ISBN 979-11-85479-17-0 03810 : ₩12000

수기(글)[手記]

818-KDC6
895.785-DDC23   CIP2018021246

잃어버린 용서를 찾아서

오늘 당신을 용서합니다.
───────────────
당신에게 용서를 빕니다.

잃어버린
용서容恕를 찾아서

인간이
위대한 것은
자신에게 상처를 준 사람을
용서할 줄 안다는 것이다.

이 글을 정리하면서

용서한다는 것, 용서를 빈다는 것은
참으로 어려운 일입니다.

용서하려고, 용서를 빌려고 그동안 제가
한 일은 술잔과 씨름하며 세월만 붙잡고 있었습니다.

증오심은 날이 갈수록 큰 뿌리를 내리고
상처는 더 높은 도수의 알코올에 의존하며
분노의 파도는 더 거칠어지기만 했습니다.

어느 날 애증愛憎이라는 글귀 하나가, 파도를
잠재우며 용서의 길로 들어서게 해줬습니다.
내가 미워하는 마음속에는 사랑도 들어 있음을
느낀 것입니다.

아직 분노와 증오심으로 용서의 길을 못 가고
계신 분께 제 경험을 토대로 이 글을 바칩니다.

긴 세월 고백성사하는 마음으로
이 글을 정리했습니다.

2018년 7월
연천에서 신광순

단상노트 1

잃어버린 용서를 찾아서

오늘 당신을 용서합니다.

당신에게 용서를 빕니다.

차례

용서하려는 이유

내가
당신을 용서하려는 이유는
당신도
내가 지고 있는 짐을
지고 있기 때문입니다.

내가 당신을 용서하려는 이유

내가 당신을 용서하려는 이유는
어제는 어쩔 수 없어서 그렇다 치더라도
더 이상 지난 과거에 묶여서 건강과 믿음을
해치면서 증오의 늪에서 허우적대고 싶지
않아서입니다.

내가 당신을 용서하려는 이유는
복수할 줄 몰라서가 아니라
복수는 또 다른 늪으로 빠져드는
길임을 잘 알고 있기 때문이다.

내가 당신을 용서하려는 이유는
두 발이 땅을 짚고 서 있듯이
당신에 대한 애증이 깔려있기 때문이다.

내가 당신을 용서하려는 이유는
당신이 예뻐서가 아니라
나 자신도 누군가에게
용서를 받아야 하기 때문입니다.

내가 당신을 용서하려는 이유

용서를 빌려는 이유

내가
당신에게 용서를 비는 이유는
당신도
내가 건너지 못하는 애증의 강을
오늘도
바라만 보고 계실 것 같아서입니다.

용서를 빌려는 이유

후미지고 침침한 길을 걸을 때는
보이지 않던 나의 그림자.

밝은 태양 앞에 서면
짙게 드리우는 나의 그림자
쥐구멍이라도 찾고 싶습니다.

내가 용서받기를 바라는 마음보다는
나를 용서하려는 당신이 더 괴로운데
나는 왜 당신을 이해하지 못하고
살았는지 모르겠습니다.

내가 당신을 생각하기보다는
당신이 나를 생각하는 마음이
더 깊은데
나는 왜 당신을 긍정하지 못하고
살았는지 모르겠습니다.

님이여!
당신은 단번에 모든 것을 드러내 보이지 않는데,
내가 어찌 당신을 안다고 하겠습니까?

용서를 빕니다. 빌고 또 빕니다.

용서를 빌려는 이유

용서容恕란 무엇인가?

용서는 찾아가는 길이 아니고
만들어가는 길이다.

스스로 만들어가지 않으면
용서는 갈 수 없는 길이다.

용서란 무엇인가?

용서(forgive)란
주고(give) 이해(understand)하고
잊어버리는(forget) 것이다.

사전적인 의미

용서란 죄나 잘못에 대하여
꾸짖거나 벌하지 않는 것.
(관용을 베풀고 놓아주는 것)

동양적인 의미의 용서

동양적인 의미의 용서란
잊는 것이다.

서양적 의미의 용서

서양적 의미의 용서란
(나를 위해 선물을)주는 것이다.

용서란 자기반성이다

탈무드에서 보면 "반성하는 자가 서 있는 땅은 가장
위대한 랍비가 서있는 땅보다 더 가치가 있다." 라고 쓰여
있다.
나는 이 말을 바꾸어 "용서하는 자가 서 있는 땅은 가장
위대한 현인이 서 있는 땅보다 더 가치가 있다." 라고 이해
하고 싶다.

용서란 속도가 아니라 방향이다

용서란 속도가 아니라 방향이다.
용서라는 마차는 당신이 마음먹고 선택한 방향으로 간다.
용서하지 못하고, 잊지 못하고, 주지 못하고, 증오심과
미움만 매일 되새기면서 산다면, 그날이 그날이고 마음만
병들어 간다.
주고, 버리고, 잊으면 하루하루가 감사축제의 연속이다.
속도는 좀 늦더리도 방향만 잘 설정하면, 오늘부터 당신의
삶은 축제의 연속이다.

용서는 자기 성찰이다

용서는 자기 자신을 찾아내면 할 수 있다.
우리가 자기 자신을 내주는 법, 남을 받아드리는 법,
감사를 느끼며 사는 법을 터득한다면 우리는 행복을
찾아갈 필요가 없다.
행복이 우리를 찾아올 테니까.

용서란 끝이 아니고 시작이다

용서는 시작이다.
용서는 지난 일에 대한 결산이 아니고
새로운 출발을 위한 시작이다.

용서란 잊는 것이다

이 세상을 살아가는 위대한 기술 중에 하나가
망각의 기술이다.
잊어라! 용서는 잊는 것이다.

용서는 높은 곳에 있는 길이 아니고
가장 낮은 곳에 있는 길이다

용서의 길은 그렇게 높은 곳에 있는 길이 아니라
인간이 갈 수 있는 높이에 놓인 길이다. 다만 그 길을
가기에 주저하기 때문에 가지 않는 길일뿐이다.

용서는 강한 자가 가는 길이다

잘못을 빌고 용서를 청하는 것은
약함을 드러내는 것이 아니라
강함을 드러내는 것이다.

용서는 혼자서 거둔 승리다

용서는 대군을 거느리고 전장에 나가지 않고
거둘 수 있는 혼자서 거둔 위대한 승리다.

용서는 안 하는 것이지 못 하는 것이 아니다

용서는 안하는 것이지 우리가 할 수 없는 일이 아니다.
우리가 할 수 있는데 안 하는 일 중에 하나가 용서다.

용서는 습관화된 행동이다

우리가 사는 이 세상은 작든 크든 나에게 상처를 주는
가시밭길이다. 가시밭길을 가며 어떻게 가시에 찔리지
않고 살 수 있겠는가.
용서는 습관화된 행동으로, 작은 것을 여러 번 용서해
본 사람이 큰 것도 용서할 수 있다.

이해한다는 것은 용서하는 것이다

용서한다는 것은 상대방을 이해한다는 것이다.
상대방을 용서하는 것은 자기 자신까지도 이해한다는 것이
다.

그릇을 비워라

증오심을 담아놓고 있는 그릇과 분노를 담아놓고
있는 그릇을 비워라.
그 그릇은 용서의 길을 가는데
큰 장애물일 뿐이다.

용서는 자신을 지키는 모범답안이다

사람과 사람 사이에 정답은 없다.
정의正義가 자기 자신을 지키는 방어수단이듯이
용서도 결국은 자신을 지키는 방패다.

돈에 눈이 멀어 용서의 길이 보이지 않을 뿐이다

돈 때문에 친구를 잃는 사람은 많은 것을 잃은
사람이고, 돈 때문에 형제를 잃는 사람은
세상을 잃어버린 사람이다.

증오하는 마음속에는 애증愛憎도 들어있다

용서를 못하고 증오하는 마음속에는 애증도 들어있다.
애증이 있다는 것은 우리가 아직은 인간성을 잃어버리지
않았고 어디로 가야하는지를 가리키는 등대불이
보인다는 뜻이다.

아직도 치를 떨고 있다는 것은
사랑하는 것이다

아직도 생각한다는 것은 사랑한다는 의미이다.
아직도 치를 떨고 있다는 것은,
아직도 용서하지 못하고 생각한다는 것은,
아직도 용서를 빌지 못하고 주저하고 있다는 것은,
사랑한다는 의미이다.

또 다른 길을 알려주는 것

잘못을 뉘우치고
용서를 빌지 않는 사람을 용서하는 것은
그에게 또 다른 길을 알려주는 것이다.

세월이 약이다

세월이 약이다.
아직도 통증을 느낀다는 것은,
아직도 눈물이 흐른다는 것은,
아직 세월이 덜 흐른 것이다.

용서의 무게를 달 수 있는 저울은 없다

서로 간의 잘잘못을 저울에 달으려 하면
용서는 없다.

용서라는 무거운 짐은
스스로 내려놓지 않는 한 누구도 내려주지 않는다.

당신의 분노와 증오심의 무게를 달 수 있는 저울은
이 세상에 없다.

평화와 용서가 곧 신의 뜻이다

너희가 무엇이든지 땅에서 매여 있으면
하늘에서도 매여 있는 것이며,
땅에서 풀면 하늘에서도 풀려있을 것이다. (마태복음)

"주님 제 형제가 저에게 잘못을 저지르면 몇 번이나
용서해 줘야 합니까? 일곱 번이면 되겠습니까?"
"일곱 번뿐 아니라 일흔 번씩 일곱 번이라도 용서하여라."

남을 용서하는 사람은
남에게 용서받을 자격이 있다

남을 용서하는 것은 하늘의 뜻에 따르는 것이요,
형제를 용서하는 것은 부모의 뜻에 따르는 것이다.

용서는 하늘이 하는 것이지
인간이 할 수 있는 것이 아니다

인간이 살아서 하지 못하는 것이 있다면
그것은 용서다.
잘못을 저지르는 것은 인간이요,
용서하는 것은 신이다.

— 포프의 〈비평론〉중에서

■선인들의 생각

*용서는 자기 자신에게 베푸는 가장 큰 선물이다.

-달라이 라마

*남을 용서한다는 것은 곧 자신이 그에게 이긴 것이다.

-미국 속담

*용서는 결심이고 과정이며 선물이다.

- R 스콧허드

*사람은 자기가 사랑하는 만큼 용서한다.

- 라로시프코

*서로가 자기 잘못의 용서 그런 것이
 천당의 문이다.

- W 블레이크

*대장부가 마땅히 남을 용서할지언정
 용서를 받는 사람이 되어서는 안 된다.

- 〈명심보감〉중에서

*모든 것을 다 용서하는 사람은 아무것도
 용서하지 않는 것이다.

- M 우나모노의 〈수필과 독백〉중에서

*잊는다는 것은 용서한다는 것이다.

- F·S 피츠제럴드

*친구를 용서하는 것보다 적을 용서하는 것이 더 쉽다.

- 일리엄 블레이크

*용서는 과거를 변화시킬 수는 없다.
 그러나 미래를 넓혀준다.

- 파울 뢰세

상처의 원인

미움과 증오심의 시작

이 세상에 상처가 없는 사람은 없다.
상처에 상처를 덧칠하면서 지워가며
살아가는 것이다.

당신이 존경스러운 것은
어제는 어쩔 수 없었다지만
오늘은 따뜻한 웃음을 짓고 계셔서입니다.

증오심에 대하여 1

손바닥에 가시 하나만 박혀도 움직일 때마다
통증을 느끼는데, 가슴속에 못을 박고 산다는 것이
얼마나 힘든 일인가.
오래가는 상처는 대부분 입에서 나온다.
말이란 꼭 해야 하는 말이 있고 어떠한 경우에도
해서는 안 되는 말이 있다.
말로 인한 상처, 말로 인한 증오심, 그로 인해 상처받은
사람은
분노하며 증오심을 키워가며 벽을 쌓고 그 안에 갇히기
때문에 용서의 빛이 보이지 않는다.

돈과 혀가 대부분이 상처의 원인이다

아픔을 가지고 있는 사람들의 증오심과 상처의 원인은
대부분이 돈(관계) 아니면 말(혀) 때문이다.

입으로 입은 상처

눈, 귀, 입, 손 중에서 치료하기 어려운 상처는 대부분
입으로 입은 상처이다.

때만 되면 다시 도지는 것이
형제간에 입은 상처의 증오심이다

적에게 상처를 입으면 그 상처가 아무는데 드는
시간만 필요하고, 친구에게 상처를 입었을 때는
안 보면 상처는 금세 아물지만, 형제간에 입은
상처는 때 (명절, 제사, 혼인)만 되면 다시 도진다.

적이 휘두른 칼에는 날카로움만 있고
형제간에 휘두른 칼날에는 증오의 독이
묻어있다

적이 휘두른 칼은 칼날이 무섭지만,
형제간에 휘두른 칼날에는 이름 모를
증오의 독이 묻어 있어서 상처가 잘 아물지 않는다.

들은 귀는 천년이요, 말한 입은 사흘이다

우리 속담에 "들은 귀는 천년이요, 말한 입은
사흘이다." 라는 속담이 있다.
상처 입은 말은 두고두고 남지만, 말한 사람은
사흘이면 잊어버린다는 뜻이다.

불신의 늪으로 깊이 들어갈수록 증오심과
미움의 골은 깊어진다

개가 짖어대는 사람 모두가
도둑놈은 아니다.
천사가 찾아와도 개는 짖는다.

잘못한 말은 고칠 수 없다

베인 상처는 고칠 수 있어도 잘못한 말은
고칠 수 없다.

사람이 빠지기 쉬운 여덟 가지 잘못

사람에게는 빠지기 쉬운 여덟 가지 잘못이 있으니
잘 살피지 않으면 안 된다.
자기가 할 일이 아닌데 하는 것을 *주착이라 하고
상대방이 청하지도 않는데 의견意見을 말하는 것을
망령妄靈이라 하며, 남의 비위를 맞추어 말하는 것을
아첨阿諂이라 하고, 시비是非를 가리지 않고 마구 말하는
것을 분수적다. 라고 하며, 남의 단점을 말하기
좋아하는 것을 *참소讒訴라 하며, 남의 관계를
갈라놓는 것을 이간離間이라 하며, 나쁜 짓을 칭찬하여 사람
을 타락시킴을 간특姦慝하다 하고,
옳고 그름을 가리지 않고 비위를 맞춰 상대방의 속셈을
뽑아 보는 것을 음흉陰凶하다 한다.

- 莊子

*주착: 誅責의 비표준어
*참소: 남을 해치려고 죄가 있는 것처럼 꾸며 윗사람에게 일러바침

증오심에 대하여 2

유대인만큼 오랫동안 박해와 학살을 당한 민족도 없다.
그럼에도 불구하고 유대인은 증오에 대하여 쓴 문학이나
문헌은 없다. 그 이유는 유대인은 격한 증오심을
품지 않는 사람이기 때문이다.
나치에 의하여 6백만 명이 살해되었음에도 불구하고
반 독일주의 혹은 독일을 저주하는 서적은 하나도 없다.
그 사람들이라고 가슴속에 증오와 미운 감정이 없어서
그렇게 하는 것은 아닐 것이다.

증오하는 마음의 시작은 손님처럼 찾아온다

증오의 마음을 지워버리지 않으면
손님이 집주인이 되어 자신을 지배하기 시작하고
헤어나기 어려워진다.

모든 균열은 시발점이 있다

담이 무너지고 둑이 터지는 시발점은 작은 균열이다.
작은 상처지만 그것이 시작이 되어 미움과 증오심이
눈덩이처럼 폭발하면 되돌릴 수 없는 과오를 범하는 것이다.

대화의 단절

상처 받은 일로 대화가 단절되면 증오심이 커지고
서로 등을 돌리고 반대방향으로 가기 때문에
둘 사이의 거리는 내가 가는 길의 두 배로 멀어진다.

친인척 간의 증오심

증오심 중에 가장 골이 깊은 것은 형제와 친인척 간의
증오심이다.

증오의 눈보다 더 날카로운 눈은 없다

한번 증오의 눈으로 바라보면, 모든 것이
다 증오의 산물이고 가시처럼 보인다.
특히 어려서 같이 자란 형제간의 눈이 더 날카롭다.

베갯잇을 적신 눈물

광장에서 소리를 내어 흘린 눈물은
돌아서면 마르지만
베갯잇을 적신 눈물은
밤이 새도 마르지 않는다.

좋은 거짓말은 거짓말이 아니다

유대인의 탈무드에서는 다음 두 경우는
거짓말을 해도 좋다고 한다.
어떤 사람이 이미 사놓은 물건이 어떠냐고
의견을 물으면, 설사 그것이 안 좋더라도
좋다고 거짓말을 할 수 있고, 친구가 결혼
했을 때는 반드시 부인이 아주 미인이라고
말해야 한다.

거짓말을 하는 것은 졸렬한 악덕이다

옛날 인도의 어떤 부족은 제신祭神에게 인간의 혀와 귀에서 뿜
은 피로 제사를 지냈다. 그 이유는 거짓말을 하거나 거짓말을
들은 귀를 사죄함이 아니었나 생각한다.

■선인들의 생각

*모든 상처의 근원은 거의가 "혀" 때문이다.

— 〈탈무드〉

*시기와 질투는 언제나 남을 쏘려다가
 자신을 쏜다.

— 孟子

*소인은 과실을 범했을 때 반성하지 않고
 그것을 정당화하고 감추려 한다.

— 논어: 〈자장편〉중에서

*노여움은 어리석은 자의 가슴에 자리 잡는다.

— 구약성서 전도서 제7장 중에서

*부드러운 대답은 분통을 멈추게 하고
 사나운 말은 노여움을 불러일으킨다.

— 구약성서 잠언 중에서

*입이 입힌 상처는 칼이 입힌 상처보다 깊다.

– 모로코 속담

*혀는 야수와 같아서 한 번 고삐가 풀리면
그것을 다시 잡아매기는 지극히 어렵다.

– 발타자르 그라시안

*혀는 좋을 때는 그보다 좋은 것이 없지만
나쁠 때는 그보다 나쁜 것이 없다.

– 〈탈무드〉중에서

*명심하라. 하늘은 결코 인간에게 견딜 수 없는
슬픔을 주지 않는다는 사실을…

– 윌리엄 사파이어

*슬픔이 부러진 뼈를 이어준 적은 없다.

– 디킨즈의 〈보르의 스캐치〉중에서

*슬픔은 한 시간을 열 시간으로 연장한다.

— 셰익스피어의 〈리처드 2세〉중에서

*지나간 슬픔에 새 눈물을 낭비하지 마라.

— 에우리 페레스의 〈알렉산데르〉중에서

*시간이 덜어주지 않는 슬픔은 없다.

— 세르비우스 수플리키우스의 〈서간집〉중에서

*인간의 말은 그의 인생과 같다.

— 소크라테스

*훌륭한 말은 훌륭한 무기이다.

— T·풀러

*입에 들어가는 것이
사람을 더럽게 하는 것이 아니라
입에서 나오는 것이
사람을 더럽게 하는 것이다.

— 마태복음 15:11

*말을 실수하는 것보다
 발을 헛딛는 것이 낫다.

– G·허버트의 〈명궁〉중에서

*신중한 침묵은 지혜의 성역聖域 이다.

– 발타자르 그라시안

*가루는 칠수록 고와지고
 말은 할수록 거칠어진다.

– 한국 속담

*말 많은 집은 장맛도 쓰다.

– 한국 속담

*말하는 자는 씨를 뿌리고
침묵을 지키는 자는 거둬들인다.

– J·레이의 영국〈격언집〉중에서

*침묵은 인간의 영원한 의무이다.

– T·칼라일의 〈에딘버러에서의 취임연설〉중에서

*자기 머리를 넣어 둘 집을 가진 사람은
지혜 있는 사람이다.

– 셰익스피어의 〈리어왕〉중에서

*거짓말을 하는 것은 신을 경시하고
동시에 인간을 두려워하는 증거이다.

– 몽테뉴의 〈수상록〉중에서

*증오는 가슴에서 나오고 경멸輕蔑은 머리에서 나온다.

– 쇼펜하우어의 〈비관주의 연구〉 중에서

*다른 사람을 증오하는 대가는 자신을 더 적게 사랑하는
것이다. – E·클리버의 〈얼음위의 영혼〉중에서

*남에 대한 증오심만으로는 상대를 이길 수 없다.
내가 오히려 위축되니 마음속으로 용서하라.

– 카네기

*질투는 소극적인 불만이고 증오는 적극적인 불만이다.
그러므로 질투는 언제나 증오로 변한다.

– 케에르케고르

*증오憎惡는 자책自責이다.

– H·발로

*증오는 정착된 분노다.

–키케로

*증오는 애정의 재灾다.

– W·롤러

*증오의 불신은 눈 먼 자식들이다.

– W·위트슨

*증오는 협박을 당한 데 대한 겁쟁이의 복수심이다.
네가 어느 사람을 미워한다는 것은 그 사람에게 있는
너 자신의 일 같은 무엇을 미워하는 것이다.
자기 자신의 일부가 아닌 것은 자기를 교란시키지 않는다.

— H·헤세의 〈데미안〉중에서

*미움은 사람을 장님으로 만든다.

— 와일드

분노忿怒에 대하여

분노하여 당긴 화살은
결국은 자기 자신에게 돌아온다.

분노를 활활 타오르게 하는 것은 말이다

화가 치밀어 오를 때는
말을 삼가 하는 것이
분노를 삭이는 제일 좋은 방법이다.

분노를 삭이는 좋은 방법 중에는…

분노를 삭이는 좋은 방법 중에는
눈을 감는 것도 하나의 방법이다.
눈을 감으면 분노는 절반으로 줄어든다.

분노가 오래가면…

분노가 오래가면
분노의 대상자를 해(害)하는 것이 아니라
결국은 자기 자신을 해하는 것이다.

화禍는 입에서 나와 병病이 되어
다시 가슴으로 들어간다.

화가 난 사람들의 공통점

화가 난 사람들의 공통점은
항상 자기 자신을 과대평가하며
자기 자신만이 옳다고 착각하는 것이다.

■선인들의 생각

*마음에 불이 일어나면 입에서 불꽃이 튄다.

– T·풀러의 〈잠언집〉중에서

*분노는 날카로운 이빨과 발톱으로
 찢어버릴 먹이를 찾는다.

– G·엘리어트 〈스페인의 집시〉중에서

*분개한 사람만큼 거짓말 잘하는 사람은 없다.

– 니체의 〈선악의 초월〉에서

*자기 분노의 물결을 막으려고 노력하지 않는 자는,
 고삐도 없이 야생마를 타는 것과 같다.

– C·시버의 〈사랑의 마지막 계교〉중에서

*손이 아무리 약하더라도
 분노는 손에 힘을 준다.

– 오비디우스의 시집 〈순애〉중에서

*한 때의 분함을 참아라.
 백날의 근심을 면하리라.

- 〈명심보감〉중에서

*사람마다 듣기는 빨리하고

 말하기는 더디게 하며
 성내는 것은 더 더디게 하라.

- 신약성서 야고보서 1:19

중상모략中傷謀略에 대하여

중상모략은 말하는 사람,

말을 듣는 사람,

중상 당한 사람,

이 세 사람을 죽인다.

-바빌로니아 〈律法書〉중에서

*중상은 살인보다 위험하다

살인은 한 사람밖에 죽이지 않지만,
중상은 반드시 세 사람을 죽인다.
중상하는 사람 자신과 그것을 막지 않고 듣고 있는 사람,
그 중상의 대상이 된 사람, 이 세 사람을 죽이는 것이다.

- 〈탈무드〉중에서

*중상은 죄가 무겁다

중상은 무기를 들고 사람을 해치는 것보다 죄가 더 무겁다.
무기는 거리가 가깝지 않으면 상대방을 해칠 수 없지만,
중상은 멀리 떨어져 있는 사람도 해칠 수 있기 때문이다.

- 〈탈무드〉중에서

*당신의 날카로운 혀

당신의 날카로운 혀를 고칠 수 있는 묘약은
입을 다무는 것이다.

■선인들의 생각

*아무도 중상을 받아들이지 않으면
 중상은 굶어 스스로 죽는다.

- R·레이튼 대주교

*중상은 침묵으로 대답하는 것이 가장 좋다.

- B·존슨

*나를 비평하는 말을 듣더라도 곧 성내지 말고
 칭찬을 받더라도 바로 기뻐하지 마라.

- 〈명심보감〉중에서

*중상은 악인이 선인을 치는 숨겨둔 도구다.

- 테이러

*중상은 악인이 죄 없는 사람을 처형할 때
 사용되는 도구다.

- 제레미 테일러

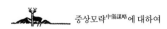

*설사 얼음처럼 순결하고 눈처럼 청순하다 해도
 중상에서 피할 수는 없다.

– 셰익스피어

*진실은 중상모략에 대한 최선의 해명이다.

– 에이브러햄 링컨

*남의 험담을 하는 사람은 경망스런 사람이고
 그와 더불어 맞장구를 치는 사람은 비겁한 사람이고
 이것을 엿듣고 전하는 사람은 간사한 사람이다.

–주자

*아무리 선인先人이라도
 입이 나쁜 인간은 훌륭한 궁전 이웃에 있는
 악취가 심하게 풍기는 가죽 공장과 같은 것이다.

– 〈탈무드〉

*남의 허술을 듣거든
부모의 이름을 듣는 것과 같이
귀로 듣더라도 입으로 말하지 말라.

- 마원

죄罪와 벌罰

죄는 인간이 판단하여
다 벌하지 않더라도
하늘이 알고
땅이 알고 있다.

사람이 지은 죄罪를 사람이 판단하여
다 벌罰하려고 하지마라

사람이 지은 죄罪를 사람이 판단하여
다 벌罰하려고 하는 데는 감정이나 또 다른 것이 개입되어
오류를 범할 수 있다.
사람이 판단한 벌은 받는 사람은 항상
과하다고 생각하고, 판단하는 사람은 항상
관대하다고 생각하기 때문이다.

죄는 인간이 다 벌하지 않더라도
하늘이 알고
땅이 알고 있다.

자기만 알고 있는 죄

사람은 남이 모르고 자기만 알고 있는 죄는
가볍게 잊어버리는 속성이 있다.

남을 저주하면…

남을 저주하면 내가 저주 받는다.
그것이 저주의 속성이다.

부모 형제간에 짓는 죄

부모 형제간에 짓는 최대의 죄는
증오하고 미워하는 것보다
무관심한 것이 더 큰 죄다.

징벌이란

목발을 짚고 걷는 사람의 목발을 뺏어
때리는 것이 징벌은 아니다.

잊는 것보다 더 확실한 복수는 없다

혀로 복수를 하면 상대방 가슴에 반감을 주고
연필로 복수하면 세상에 남는다.
복수 중에 가장 확실한 복수는
내 머릿속에서 지워버리는 것이다.

가벼운 상처는

가벼운 상처는 사람을 수다스럽게 만들지만
큰 상처는 사람을 벙어리로 만든다.
내가 말을 잊고 살았던 이유 중에 하나다.

■선인들의 생각

*모든 것을 알면 모든 것을 용서하게 된다.
 하느님도 인간을 심판하는 데는 그 사람이 죽을 때까지
 기다리신다.

- 닥터 존슨

*죄는 취소될 수 없다.
 용서될 뿐이다.

- 〈스트라민스키와의 대화〉중에서

*하늘에 죄를 지으면
용서를 빌 곳이 없다.

-맹자의 〈논어〉중에서

*복수는 인내 앞에서 속수무책이다.

-파에드루스의 〈우화집〉중에서

*사랑하는 여러분! 스스로 복수하지 말고
 하나님의 진노에 맡겨두시오.

- 로마서 12:19

*위대한 인간은 소인을 다루는 방법으로
 그 위대함을 나타낸다.

- 카알라일

*고백한 죄는 반은 용서받는다.

- 존 레이

*이 세상에서 가장 불행한 사람은
죄를 짓고도 깨닫지 못하는 사람이며
그 보다 더 불행한 사람은 알면서도
죄를 범하는 사람이다.

- 서경보

*죄를 짓고 변명하는 것보다
참회의 눈물을 머금는 것이 훨씬 낫다.

- 토마스 켐피스

*죄의 행위는 지나가고
흔적은 없어져도
죄책감은 거기 있다.

- 아퀴나스

*죄책감이 곧 자신의 교수형 집행관이다.

- 세네카

용서를 못하고
사는 사람들

아직도
부모와 자식 간에
형제간에
친구 간에
부부간에
친인척 간에
사업 관계로 관련된 사람 간에
돈 관계로, 종교 관계로
그냥 얼굴만 봐도 치가 떨리는 사람들…
그냥 생각만 해도 가슴이 아픈 사람들…

그중에 제일 많은 것이
형제간에 증오심이다.

형제간의 다툼과 미움은
그래도 최후에는 적의 미소보다
낫다는 사실을 우리가 깨달으면
용서를 앞당길 수 있다.

당신은

용서해야 할 사람이 있습니까?
용서를 빌어야 할 사람이 있습니까?
용서할 사람도 없고
용서를 빌어야 할 사람도 없다면
당신은 누구십니까?

소학小學에

"세상에서 얻기 어려운 것은 형제兄弟요,
구하기 쉬운 것은 재물財物이다.
설사 재물을 얻을지라도 형제의 마음을
잃는다면 무엇하리오." 라고 쓰여 있다.

오래도록 용서를 못 하고 사는 사람들의
1위가 형제간이요, 친인척이라는 사실이
참으로 안타까운 일이다.

가족 간에 형제간에 용서

가족 간에 형제간에 용서에 관한 문제가
어려운 것은 남과 다르게 애증이 포함되어
있기 때문에 풀기가 더 어렵다.

형제간의 다툼과 미움

형제간의 다툼과 미움은 그래도 최후에는
적의 미소보다 낫다는 사실을 우리가 미리
깨달으면 용서를 앞당길 수 있다.

형제간에 말 없는 증오심

형제간에 말 없는 증오심이 용서를 막는 담장이다.
오늘 그 담을 허물지 않으면 당신은
그 담장에서 나오지 못하고 미이라가 될 것이다.

돈이 원수다

형제간의 증오심은 대부분이
재산 싸움에서 시작되고,
세월이 지나면서 어제의 미움에
오늘의 증오심을 얹어서 오래간다.

잘못을 저지르지 않는 사람은 아무도 없다

우리가 흙을 밟고 걸어서 다니는 한,
신발에 흙을 안 묻힐 수 없는 것과 같다.
현명한 사람은 매일 흙을 씻어내고
우매한 사람은 흙에 흙을 덧칠하며 산다.

남을 존경하는 자는 존경을 받는다

남을 존경하는 자는 존경을 받듯이
남을 용서하는 사람은 용서를 받는다.
용서는 음식과 같아서 먹어본 사람이
먹을 수 있다.

큰 슬픔은 사람을 웃게 만든다

작은 기쁨은 웃고
작은 슬픔은 울지만
큰 기쁨은 울고
큰 슬픔은 사람을 웃게 만든다.
우리가 울고 있는 상처
아마도 기쁨이 너무 커서 그럴 것이다.

■선인들의 생각

*인생은
말이 통하지 않는 인간보다는
마음을 알 수 있는 개와 동반하는 것이 낫다.

– 聖 아우구스티누스의 〈神國〉중에서

*성실한 인간은 특정한 목표에 어떻게
도달하는가를 생각하는 사람이 아니고
먼저 자기 자신을 이해하는 일에 철저하게
맞붙는 사람이다.

– 크리스 나무르티의 〈자기로부터의 혁명〉중에서

*형제는 수족手足과 같고, 부부는 의복衣服과
같으니, 의복이 떨어졌을 때는 다시 새것을
얻을 수 있거니와, 수족이 끊어진 곳엔
잇기가 어렵다.

– 〈명심보감〉중에서

*인생의 마지막 별이요, 모든 선행의 왕관은
 형제 우애다.

　　　　　− E・마컴의〈형제의 우애〉중에서

*형제를 사랑하여 서로 우애하고 존경하기를
 서로 먼저 하라.

　　　　　− 로마서 12:10

*형제는 자연이 준 친구다.

　　　　　− 르구베의 〈금언집〉중에서

*형제의 고통은 형제의 동정을 요구한다.

　　　　　− 카토

*동기同氣로 세 몸 되어 한 몸같이
 지내다가 두 아우는 어디 가서 돌아올 줄 모르는고.
 날마다 석양 문밖에 한숨 겨워하노라.

　　　　　− 朴仁老의 〈오륜가〉중에서

* "보라, 얼마나 좋고 얼마나 즐거운가,
　　형제들이 함께 사는 것이…"

– 시편 133–1

*누구든지 자기 친족, 특히 자기 가족을
　돌보지 아니하면 믿음을 배반한 자요,
　불신자보다 더 악한 자니라.

– 신약성서, 디포데전서 5:8

*집안사람에게 허물이 있거든 마땅히 몹시
　성내지 말 것이며, 가볍게 버리지 말고, 그 일을
　말하기 어렵거든 다른 일을 비유해서 은근히
　깨우치도록 하라.
　오늘 깨닫지 못하면 내일을 기다려 경계하라.
　봄바람이 언 것을 녹이듯, 화기和氣가 얼음을
　녹이듯 하라. 이것이 바로 가정의 규범이다.

– 洪自誠의 〈채근담〉중에서

왜
용서를 해야 하는가

인생
누군가를 미워하고
증오하며 살기에는
너무 짧다.

용서를 못하겠으면 잊기라도 해라

용서를 못하겠으면
잊기라도 해라.
용서를 빌지 못하겠으면
그의 눈앞에서 떠나라.

왜 용서를 해야 하는가

나 스스로 분을 못 이겨 부러지는 것보다는
구부러지는 것이 훨씬 낫기 때문에
용서의 길로 가야 하는 것이다.

용서란…

용서란, 다시 새로운 관계를 이루어 나가기 위해
가던 길을 묻는 것과 같은 것이다.
돌아올 수 없는 길로 가는 것보다는
길을 물어
다시 가는 것이 낫기 때문이다.

용서한다는 것은…

용서한다는 것은 잠을 잘 때 목침을 베고 자다가
부드러운 베게로 바꾸는 것과 같다.
부드러운 베게는 당신을 편안한 잠을
잘 수 있게 해준다.

꽃이 피기도 전에 열매를 맺는 나무는 없다

꽃이 피기도 전에 열매를 맺는 나무는 없다.
용서를 하지 않고 사랑을 맺을 수는 없다.

미워하는 마음과 증오하는 마음은 종기 속에
들어있는 고름이다

고름은 짜내야 새 살이 돋고 상처가 치유되듯이
용서를 해야 고름이 들어있던 자리에
사랑이 자리 잡을 수 있다.

썩은 것은 도려내야 한다

썩은 것을 도려내는 것이 용서다.
썩은 것은 도려내야 한다.

사람은 너 나 할 것 없이 나이 들어가면서
후회의 보따리가 커진다

후회하지 않으려면 젊어서 용서해야 한다.
하루라도 젊어서 하지 않은 용서는
결국
나이 들어 괴로움으로 거둬들이기 때문이다.

왜 용서를 해야 하는가

왜 용서를 해야 하는가?
세상 마음 편하게 살려면
가해자加害者보다는 피해자被害者로 사는 것이
낫기 때문이다.

어느 말馬이고 제가 진 짐이 제일 무겁다고 생각한다

"어느 말馬이고 제가 진 짐이 제일 무겁다고
생각한다."라는 외국 속담이 있다.
우리는 우리가 지고 있는 용서의 짐이 제일
무겁다고 생각하기에 괴로워하고 있는 것이다.

용서한 만큼 용서받을 수 있다

당신이 상처받은 과거를 놓아준 만큼 미래가
열린다. 결국 용서한 만큼 용서받을 수 있는
것이다.

웃음소리는 울음소리보다 멀리 간다

웃음소리는 울음소리보다 멀리 가고, 용서는
증오심보다 훨씬 따뜻하다.
한기寒氣를 느끼며 떠는 것보다 따뜻하게 살기
위해 우리는 용서를 해야 되는 것이다.

용서는 영혼을 따뜻하게 해준다

용서는 영혼을 따뜻하게 해준다.
용서 없이는 영혼도 차가운 바람에 떨 뿐이다.

용서를 빌면…

용서를 빌면 길이 넓어지고
용서를 해주면 새로운 길이 열린다.

용서하지 않고 산다는 것은…

용서하지 않고 산다는 것은
용서를 빌지 않고 산다는 것은
무거운 짐을 지고 사는 것과 같은 것이다.
용서하거나 용서를 빌면
당신의 발걸음은 훨씬 가벼워질 것이다.

미움과 증오심

미움과 증오심을 치료하는데
용서보다 좋은 약은 없다.

분노와 증오심

분노와 증오심은 따뜻한 마음의 등불을
꺼버리는 바람이다.
증오의 바람에 꺼진 등불은 다시 붙지 않는다.

가져 본 일이 없는 것은…

가져 본 일이 없는 것은
잃어버릴 것이 없다.
용서한다고 무엇을 잃겠는가?
용서해도 우리가 잃어버리는 것은
아무것도 없다.

남을 가슴 아프게 하는 것은…

남을 가슴 아프게 하는 것은
아마도 죄가 아니고 실수일 것이다.
용서를 빌지 않는 것이
아마 죄가 아닐까 생각한다.

남을 미워하고 증오하는데 소모한 시간은…

남을 미워하고 증오하는데 소모한 시간은
악마와 같이한 시간이고
남을 용서하고 사랑하는데 소모한 시간은
신과 함께한 시간이다.

당신이 어떤 사람에게 복수를 하면…

당신이 어떤 사람에게 복수를 하면
처음에는 통쾌할지 모르지만, 시간이
지날수록 씁쓸함을 느끼며 외로워질 것이다.
그것이 복수의 대가代價다.
그러나 당신이 어떤 사람을 용서하면
시간이 지날수록 마음이 가벼워지며
기분이 좋아질 것이다.
그것이 용서의 대가다.

증오와 용서의 하루

증오심으로 고민하는 사람의 하루는
모두가 고민거리고
용서하고 사랑하는 사람의 하루는
모두가 사랑이고 기쁨이다.

구부러진 나무의 그림자는 구부러진다

구부러진 나무의 그림자는 구부러진다.
형영상동形影相同
그림자는 거짓을 표현하지 않는다.
형체와 그림자는 같다, 다시 말하면
당신의 가슴속에 미움과 증오심이 없으면
당신의 그림자에서도 향기가 날 것이다.

분노하고 증오심에 매여 용서하지 못하는 것은…

분노하고 증오심에 매여 용서하지 못하는 것은
자신을 주체하지 못하는 자신의 책임이 더 클 수도 있다.
당신이 만들어가는 삶보다 받아들이며 살아가는
삶이 더 많은 열매를 맺는다.
용서하는 것은 결국 자기 자신에 대한 승리다.
당신과 나는 오늘부터 그렇게 할 수 있습니다.

■선인들의 생각

*진정한 기쁨은
 남의 짐을 질 때 생긴다.

- 독일 속담

*가볍게 걷는 자가 멀리 간다.

- 중국 속담

*모든 일에 너그러우면
 그 복이 스스로 두터워지느니라.

-〈명심보감〉중에서

*용서하는 것은 아름답다.

- 푸블릴리우스 시루스

*눈은 아주 작은 물건도 보지만
 제 눈썹은 보지 못한다.

-〈史記〉중에서

*용서는 보복보다 낫다.
용서는 온화한 성격의 증거지만,
보복은 야만적인 성격의 신호이기 때문이다.

– 에픽테투스

*관대함은 잔인성에 대한 치료약이다.

– 파에드루스의 〈우화집〉중에서

*스스로 아는 자는 사람을 원망하지 않는다.

– 荀子

*오래 사는 기술은 용서하고 용서를 빌며
선하게 사는 것이다.
정신의 생명은 육체의 생명이다.
선하게 영유하는 삶은 내적으로뿐 아니라
외적으로도 긴 것이다.

– 빌타자르 그라시안

*내 잘못을 깨닫지 못하기 때문에
 남을 용서하지 못하는 것이다.

 인간은 남의 작은 피부병은 금방 알아내도
 자기의 중병은 깨닫지 못한다.

– 〈탈무드〉중에서

*인생의 가장 큰 수확은
 우리에게 상처를 안겨준 자들을
 용서하는 것이다.

– 조셉자콥스

*용서하지 않는 사람은 자신이 지나가야 할
 다리를 파괴하는 사람이다.

– 조지 허버트

*남의 죄를 용서하면 너도 용서를 받으리라.

– 마태복음 6장

*용서하지 않으려는 자는 무덤을 두 개나
파는 것이다.

- 중국격언

*용서하는 것은 좋다.
잊어버리는 것은 가장 좋다.
살면서 애태우고 죽어서 산다.

- R·브라우닝

*복수란, 식혀서 먹어야 할 요리다.

- 영국격언

*결행하지 않은 복수보다
더 영예로운 복수는 없다.

- 스페인 격언

*복수는 인내 앞에서는 속수무책이다.

- 파에두르스

*인간의 과오야말로 인간을 진실로 사랑할 수
있는 인간으로 인도한다.

– 괴테의 〈격언과 반성〉중에서

*우리들이 망각해버린 것이야말로 어느 존재를
가장 올바르게 우리에게 기억하게 하는 것이다.

– 프루스트

어떻게
용서를 해야 하는가

용서는 기억이 아니라
잊어버리는 것이다.
용서의 완성은
망각에 의해 완성된다.

어떻게 용서를 해야 하는가

일단 용서의 길로 접어들려면
먼저 웃어라!
가슴속의 미움과 증오심은
웃음을 통해서만 밖으로 배출된다.

용서는 만들어 가는 길이다

용서는 찾아가는 길이 아니라
내가 만들어 가는 길이다.

용서는 진심으로 해야 한다

진심에서 우러나오는 용서는
가슴을 적시고
가식에서 나오는 용서는
입술만 움직일 뿐이다.

사랑하는 마음을 채워라.
채워야 버릴 수 있다.

말이나 행동에는 진정성이 들어 있어야 한다

말이나 행동에 진정성(진심)이 들어있지 않은
사과나 용서는 아직 불씨가 남아있는
모닥불과 같아서 언제든지 불씨가 되살아 날 수 있다.

용서는 먼저 손을 내밀지 않는다

용서는 우리를 향해 먼저 손을
내밀지 않는다.
우리가 먼저 손을 내밀어야 한다.
나를 태우고 갈 용서라는 버스는
내가 손을 먼저 들어야 우릴 태우고 가지,
손을 들지 않으면 그냥 가버린다.
그동안 나는 길모퉁이에 서 있기만 하면
당연히 나를 태우고 갈 줄 알고
그냥 서 있기만 하면서 수많은 버스를 놓치고
말았습니다.

**줄 수 없으면 잊어라.
못 잊겠으면 줘라.**

용서는 기억이 아니다

용서는 기억이 아니라
잊어버리는 것이다.
용서의 완성은 망각에 의해 완성된다.

용서란 고장 난 저울에 달아야 한다

잘못을 정확한 저울에 달아
상대방을 용서할 수는 없다.

용서란 상대방을 향해 기울어진
고장 난 저울에 달아야만 가능하다.

용서의 항구에 정박하려면

눈물이 흘러내려
가슴속에 사랑의 강이 흐르지 않으면
우리는 용서라는 항구에 정박할 수 없다.

어떻게 용서해야 하는가

어떻게 용서해야 하는가?
용서는 어리석은 사람은 할 수가 없다.
새로운 세계로 가려는 의지가 있는 사람만이 할 수 있다.

복수란…

복수는 처음에는 시원하고 달콤하다.
그러나 시간이 지나면서 쓴맛을 느낀다.
지금 아무 맛도 느끼지 못할 때 용서하라.

가르치면서 용서하려고 하지 마라

훈계하거나 가르치면서 용서하려고 하지 마라.
옆으로 기는 게를 바로 걷게 할 수는 없다.

용서를 하려면

사람과 사람 사이에 길을 만들어야 한다.
아름다운 마음이 지나갈 수 있는 길을….

진실성이 결여된 용서

용서하거나 용서를 빌 때 진실성이
결여되면 그것은 자신과 상대방을
기만하는 것이다.

용서의 행위란

용서하러 가는 것은
말을 하러 가는 것이 아니라
말을 들으러 가는 것이다.

■ 선인들의 생각

*양보하는 것이 용서의 시작이다.
 평생토록 길을 양보해도 백 보에 지나지
 않으며, 평생토록 밭두렁을 양보해도
 한 마지기를 잃지 않는 것이다.

– 〈小學〉중에서

*싸움터에서 화살을 맞은 코끼리가 그
 아픔을 참듯이, 우리는 남의 비방을 참자.
 세상 사람들을 일일이 상대해서는 안 된다.
 왜냐하면 그들은 못할 짓이 없기 때문이다.

– 석가모니, 탐마파라 중에서

*남을 용서하려고 하면
 편견을 문밖으로 몰아내라
 그래도 그들은 창문을 통해 다시
 들어올 것이다.

– 프레데라크

*누구에게나 등을 돌리지 마라.
한쪽 면만 채색彩色하게 될 것이다.

– S·레크의 〈다듬지 않은 사상〉중에서

*미움은 미움으로 대하면 끝내 풀리지 않는다.
미움은 미움이 없을 때에만 풀린다.
이것이 如來의 眞理이다.

– 法句經 중에서

*나는 새가 품에 들면
사냥꾼도 이를 잡지 않는다.

– 釋迦如來 중에서

*좁은 길에서는 한 걸음을 양보하고
재미가 진진한 것은 삼분三分해서 남에게
양보하라.

– 〈채근담〉중에서

*남을 자주 용서하되
 자신은 결코 용서하지 마라.

– 푸블릴리우스 시루스

*나는 내 자신의 잘못을 제외하고
 모든 사람의 잘못을 용서할 수 있다.

– M·카토 플루타르쿠스의 〈영웅전〉중에서

*너에게 해를 끼친 자는
 너보다 강하거나 약했다.
 그가 너보다 약했으면 그를 용서하고,
 그가 너보다 강했으면 너 자신을 용서하라.

– 세네카

* "용서는 하여도 잊을 수는 없다." 라고 말하는 것은
 "용서할 수 없다" 는 뜻이다.

– H·W 비저

언제
용서를 해야 하는가

용서는 때가 있다.
용서는 많은 것을 한 번에 주는 것보다
늦지 않게
때맞춰 주는 것이 중요하다.

용서는 언제 해야 하는가

용서는 결국 상대방을 위한 것이 아니라
자신을 위한 것이다.
그러므로 당신의 상처가 심해지기 전에
하는 것이 좋다.

용서는 이성적으로…

용서는 이성적으로 시작해서 하는 것이
아니고, 감성적으로 접근해서 시작하는
것이다.

용서는 때가 있다

용서는 많은 것을 한 번에 다 주는 것보다
늦지 않게 때맞춰 주는 것이 중요하다.

다투는 일에는 먼저 나서지 마라

다투는 일에는 먼저 나서지 말고
화해하고 용서하는 일에는 나서도 좋다.

언제 용서를 해야 하는가

강물이 마르기를 기다려
강을 건너려 한다면
당신이 건너려는 용서의 강은
당신이 살아있는 동안
절대로 마르지 않을 것이다.

용서를 빌려면…

용서를 빌 때까지 기다리지 마라.
용서를 빌든 안 빌든
당신은 그냥 용서하고 떠나라.

■선인들의 생각

*상처를 준 사람이 용서를 구할 때까지
기다리지 마라.
용서는 그들이 아니라 당신 자신을 위한
것이기 때문이다.

– 릭워렌

*인간이 용서를 받기 위해서 기도할 때
혹은 남을 용서할 때 보다 더 아름다운 순간은 없다.

– 진 폴 리치터

*도저히 지울 수 없는 분한 일도 있다.
그러나 그럴수록 지우고 용서하라.
왜냐하면 그런 기억과 분노들이
우리에게 주어진 삶의 질을 망가뜨리기 때문이다.

– 미첼 바첼레트, 칠레 첫 여성 대통령 말 중에서

*용서를 받으려면 먼저 용서하라.

– 세네카

*수모를 당하고도 앙갚음하지 않고
 태연히 수모를 참아 넘길 수 있는 사람,
 그 사람은 세상사에 있어 위대한 승리를 거둔 사람이다.

– 제네비오란

왜
용서를 빌어야 하는가

용서를 비는 것은
허물어지는 담을 고치는 일이다.

왜 용서를 빌어야 하는가

인생이란 험난한 긴 여정이다.
먼 길을 가는데 빠른 것도 좋지만
빠른 말馬을 타고 가다 떨어지는 것보다
느리더라도 당신이 편안히 타고 갈 수 있는
나귀가 더 나을 수 있다.

용서를 비는 것은…

용서를 비는 것은
허물어지는 담을 고치는 일이다.

잘못을 숨길 장소는 어디에도 없다

잘못을 숨길 장소는 어디에도 없다.
숨길 수 없다면 일찍 용서를 빌어라.

용서란

남을 이해하려는 노력이 사랑이다.
사랑 없는 용서는 존재하지 않는다.

용서의 문이란…

용서의 문은 다른 사람이 대신 열어주지
않는다.
내가 스스로 열지 않으면 열리지 않는 것이
용서의 문이다.

용서와 이해의 마음은

사람들이 다니지 않는 길에는 잡초가
무성하고, 용서와 이해의 마음이 들어 있지
않은 가슴속에는 증오심과 미움만이 가득하다.

용서를 빈다는 것은…

용서를 빈다는 것은 다시 신뢰를 받기 위한
행동이다.
다시 받은 신뢰는 굳은 땅 위에 새로운 집을
짓는 것과 같다.

용서를 빌지 않는다는 것은…

용서를 빌지 않고 그냥 살아간다면
형량이 없는 무기징역형을 사는 죄수와
다를 바가 없다.

용서의 길

길을 잃고 짧은 인생을 헤매기보다는
되돌아가서 용서를 빌고 다시 시작하는 것이
제일 빠른 길이다.

유대의 법에는…

유대의 법에는 자기에게 불리한 자백은
무효이다. 그러나 용서를 비는 것은 자백이
아니라, 사랑의 길로 가는 첫 계단이다.

■선인들의 생각

*자기 집 창문이 유리창이면, 이웃집 창에
돌을 던지지 마라.
– B·프랭클린의 〈가난한 리처드〉중에서

*잘못했으면 용서를 빌어라.
고백 된 과오는 그 사람의 새로운 미덕이다.
– J·S 노울르의 〈사랑의 추억〉중에서

*고백 된 과오는 반쯤 시정된 셈이다.
– H·G 본

*고백 된 죄는 반은 용서 받은 셈이다.
– 영국 격언

*한 친구를 만족시키지 못하는 자는
인생에서 성공했다고 할 수 없다.
– H·도로우

*사람은 자기가 잘못이었다고 고백하기를
부끄러워해서는 안 된다.
다시 말하면 그것은 오늘의 자기는 어제의
자기보다 더 현명하다는 것을 말하는 것이나
다를 바 없다.

– 알렉산더 포프의 〈도덕적 에세이〉중에서

*변명할 필요가 없을 때 굳이 변명하지 마라.
스스로 변명하는 것은 잠자고 있던 남의
불신을 깨우는 일이다.
변명보다는 자신의 올바른 행동으로 이를
다시 반증하라.

– 발타자르 그라시안

*자존심이 위험한 이유는 무엇인가?
현실을 바로 보지 않으려 하기 때문이다.

– 피에르 르페브르

*인간은 설사 자기 자신이 어떤 잘못을
저질러도 결코 자기가 나쁘다고 생각하려
하지 않는다.

– 카네기

*최고의 행복이란
나의 결함을 살펴 바르게 잡는 일이다.

– 괴테

언제
용서를 빌어야 하는가

용서의 기회는 놓치더라도
용서를 비는 기회를 놓치면
모든 걸 다 놓치는 것이다.

언제 용서를 빌어야 하는가

언제 용서를 빌어야 하는가?
해가 질 때까지 기다리지 마라.
지혜로운 자의 처세술은 일이 당신을
떠나기 전에 당신이 먼저 일을 떠나는 것이다.

시기를 놓치지 마라

용서의 기회는 놓치더라도 용서를 비는
시기를 놓치면 모든 걸 다 놓치는 것이다.

시냇물이 너무 멀리 흘러가면 바다가 된다

용서를 하는 것도 용서를 비는 것도
다 때가 있다.
작은 시냇물이 너무 멀리 흘러가 버리면
바다가 돼 버린다.

첫차를 타라

용서의 길로 가는 기차는 막차가 없다.
당신이 타는 차가 첫차다.

당신을 마냥 기다려주지 않는다

당신이 주저하고 있는 동안
당신을 태우고 갈 용서라는 버스는
당신을 기다려 주지 않는다.

그에게 다가갈 수 있을 때 다가가라

당신으로 하여금 상처 입은 사람이
당신의 마음을 헤아린다면
그는 당신을 이해하고 용서할 준비가
되어있는 사람이다.
그에게 다가갈 수 있을 때 다가가라.

용서의 시작은 자신을 아는 것이다

자기 자신을 아는 것이
용서를 비는 시작이다.

■선인들의 생각

*자신의 결정을 걱정하고 있는 사람에게는
 남의 결점이 보이지 않는다.

– 〈탈무드〉중에서

*명예는 부상한 다리를 원상태로 완치해
 줄 것인가? 안 된다.
 혹은 팔이라면 완치해 줄 것인가?
 아니 그것도 불가능하다.
 명예 덕분으로 상처의 통증이 쾌유할 것인가?
 아니, 안 된다.

– 셰익스피어 헨리 4세 중에서

*자기를 아는 자는 남을 원망하지 않고
 천명天命을 아는 자는 하늘을 원망하지 않는다.
 복福도 자기에게서 싹트고 화禍도 자기로부터
 나오는 것이다.

– 회남자(淮南子)

*꺼져라, 꺼져라, 덧없는 등불이여!
인생은 걸어가는 그림자이며, 가련한 배우다.
이 세상을 하직하면 아무 흔적도 없다.
뭐라 외치며 아우성을 치고 있으나,
아무 소용도 없는 무의미한 소리다.

- 셰익스피어 맥베스 중에서

어떻게
용서를 빌어야 하는가

용서는
혀로 비는 것이 아니라
가슴으로 비는 것이다.

용서의 문이란…

용서의 문은 혀로 여는 것이 아니라
가슴으로 여는 것이다.

용서를 구할 때는…

용서를 구할 때는 은유법을 쓰지 말고
직설 화법을 써야 한다.

용서를 구할 때는 핑계를 대지 마라.
핑계는 징검다리를 건널 때 몸을
가볍게 해주는 것이 아니라 오히려
지게를 지고 건너는 것과 같은 결과를
가져온다.

용서를 구할 때는
상대방의 입장에 서서
자신을 바라보며 빌어라.

용서를 빌 때는…

용서를 빌 때는
서툰 변명보다
입을 다무는 것이 더 낫다.

당신에게 미움과 증오심은…

당신에게 미움과 증오심으로 가득 차 있는
사람에게 어떤 선물이 상대방의
마음을 녹이겠는가?
눈 먼 사람에게 거울을 선물하려 하지 말고,
진정한 사과와 참회를 선물하라.

증오심과 미움의 치료는…

증오심과 미움을 치료하는 약은
약국에서 팔지 않는다.
당신의 가슴속에서 지어내야 한다.

빌어라! 빌고 또 빌어라

귀신도 빌면 듣는다는 속담이 있다.
빌어라! 빌고 또 빌어라!

자존심을 버려라

용서를 빌려면, 자존심을 버려라.
모든 잘못의 밑바탕에는 항상 자존심이
깔렸고, 세월이 지나면 자존심의 포로가 된다.

자존심을 버려라. 그렇지 못하면 후회의 종착역이다

자존심은 부족한 인간을 지탱시키는
지주임에는 틀림이 없다.
그러나 용서 앞에서 자존심은 당신을
후회의 종착역으로 끌고 가는 마차일 뿐이다.

사죄의 눈물만이 상대의 마음을 녹일 수 있다

벙어리와 귀머거리에게 통하는 언어는
웃음과 친절이듯이, 상처받은 사람에게
통하는 언어는 사죄의 눈물만이 상대의
얼어붙은 마음을 녹일 수 있다.

유대인이 죄에 대해 용서를 빌 때는…

유대인이 죄에 대해 용서를 빌 때는 "나" 라고
하지 않고 반드시 "우리" 라고 한다.
자기 혼자서 범한 죄일지라도 반드시 여러 사람이
범했다는 식으로 생각한다.
그것은 유대인은 하나의 커다란 가족이라고
생각하고 있기 때문에 자기가 죄를 범했어도
모두가 죄를 범한 것이 된다.
설령 자기가 물건을 훔치지 않았다 하더라도
누군가가 물건을 훔쳐간 것에 대하여 하느님께
사죄하지 않으면 안 된다.
그것은 자기의 자선이 부족하여 누군가가 도둑질을
하게 되었기 때문이다.   – 〈탈무드〉중에서

우리나라 제주도에서는 십 리 안에 있는 거지 중에
자기 친인척이 있으면 그것은 자기의 수치였다.
그래서 옛날에는 제주도에 거지가 없었다.

애매한 고백은…

애매한 고백은
애매한 용서밖에 못 받는다.

용서의 문은 기도만으로 열리지 않는다

용서의 문은 기도만으로는 잘 열리지 않는다.
참회의 눈물이 문을 여는 열쇠다.

상처를
주고받지 않으려면

며느리가 입을 닫으면
집안이 평화롭고
시어머니가 입을 닫으면
집안에 냉기가 들어오지 않는다.

화가 났을 때는 아무 말도 하지 마라

상처를 주는 말이다.
그리고 화가 났을 때는
아무것도 결정하지 마라.
화가 났을 때 결정한 것은 대부분이
화가 풀리면 후회하는 결정이다.

남에게 주는 상처의 시작은…

남에게 주는 상처의 시작은
해서는 안 되는 말, 무덤까지 가져가야 하는
말을 함으로 시작된다.
이런 상처는 설사 용서를 빌더라도
용서를 했더라도 살아있는 동안
가슴속에 가시로 남는다.

사람한테 속으면 상처가 되고
상품에 속으면 짧은 시간 불평이 된다

진실을 말할 때 더 조심해야 한다

진실을 말함으로 상대에게 주는 상처가
더 오래가고 아프다.
남에게 상처를 주지 않으려면 거짓말을
하지 말아야 한다.
그렇다고 진실을 다 말해도 안 된다.
거짓말보다 진실을 말할 때
더 조심해야 한다.

때를 맞춰 말을 할 줄 알아야 한다

옳은 말이라도
남에게 상처를 주지 않으려면
때를 맞춰 말을 할 줄 알아야 한다.
우리는 어려서부터 말하는 법은
배웠으나, 침묵하는 법은 배운 적이
없기 때문에 더 주의해야 한다.

상처를 주고받지 않으려면…

상처를 주고받지 않으려면
말 한마디 행동 하나하나가
상대방에게 주는 그림자를 생각해야 한다.
작은 머리카락 하나하나에도
그림자가 있다는 것을 명심해야 한다.

달콤한 말이라도 아껴야 한다

상대방에게 달콤한 말만 한다고
잘하는 것은 아니다.
설탕도 너무 많이 넣으면
요리를 망칠 수 있음을 명심해야 한다.

가끔 눈을 감아라

가끔 눈을 감아라.
눈을 감으면 마음의 문이 열린다.

神이 만들어 놓은 모든 것에는 틈이 있다

神이 만들어 놓은 모든 것에는
틈이 있다고 했다.
타인의 결점은 우리 눈앞에 있어서 보이고
우리 자신들의 결점은
등 뒤에 있어서 보지 못할 뿐이다.

아무리 잘 차려진 잔칫상에도
입에 맞지 않은 음식은 한두 가지
있기 마련이다.

며느리가 입을 닫으면…

며느리가 입을 닫으면
집안이 평화롭고
시어머니가 입을 닫으면
집안에 냉기가 들어오지 않는다.

증오심과 갈등의 원인은…

증오심과 갈등의 원인은
주려고 하는 마음보다
받으려고 하는 마음이 앞서기 때문에
오는 경우가 많다.

■선인들의 생각

*예야!
네가 남들을 흉보고 있다면
남들도 그 시간에 너를 흉보고 있을 것이다.
네가 남들을 칭찬하고 있다면
남들도 최소한 너를 욕하고 있지는 않을 것이다.
남을 흉보려면
네 흉부터 보거라.

- 〈불효자〉중에서

*예야!
남들과 다툼이 있을 때
상대방의 자존심을 건드리는 허물이라면
절대로 지적하지 말거라.
특히 상대방의 신체적 약점이나
집안을 들먹이며 다투어서는 절대 안 된다.

- 〈불효자〉중에서

*참고 또 참아라.
 경계하고 또 경계하라.
 참지 않고 경계하지 않으면
 작은 일도 크게 벌어진다.

– 〈명심보감〉중에서

*백번 잘하기보다
 단 한 번의 실수를 하지 마라.
 해가 중천에 떠 있을 때는 보지 않으나
 서산에 지는 해는 누구나 한 번쯤 쳐다본다.

– 쇼펜하워

*화가 날 때는 스물네 개의 문자를 암송할 때까지
 아무것도 말하지도 행하지도 말아야 함을 명심하라.

–플라타르코스의 〈영웅〉중에서

*너에게 화가 닥치거든
 옛사람도 이럴 때가 있었으리라 생각하고
 선현先賢이 한 일을 생각하며 마음을 안정
 시키리라.

– 가이하라

*혀는 칼이다
천 번 재보고 한 번 자르라.

– 터키 격언

*한때의 격분을 참아라.
그러면 백 가지 근심을 막을 수 있다.

– 경행록

*미련한 자의 마음은
그의 입속에 있지만,
현명한 자의 입은
그의 마음속에 있다.

– 프랭클린의 〈가난한 리처드〉중에서

용서의 결과

용서하고
용서를 빌고
좋은 사람들과 웃으며 지내는 삶은
신의 축복이다.

용서란

용서하고
용서를 빌고
좋은 사람들과 웃으며 지내는 삶은
神의 축복이다.

용서가 지나간 자리에는…

용서가 지나간 자리에는
깊은 상처가 남을 수 있지만
사랑이 들어갈 자리도 넓어진다.

상처는…

상처가 아물어도 흉터는 남는다.
흉터를 훈장처럼 가슴에 달고
교훈으로 삼는다면
노병老兵의 자존심이 될 것이다.

용서의 결과는 절대 외롭지 않다

용서의 결과는 절대 외롭지 않다.
좋은 친구와 좋은 일이
찾아올 것이다.

용서하고 용서를 빌면

뚜껑을 덮어놓은 그릇에는
빗물이 고이지 않는다.
용서하고 용서를 빌어
마음의 뚜껑을 열면
촉촉한 사랑의 마음이 고인다.

용서하고 용서를 빈다는 것은…

용서하고 용서를 빈다는 것은
황량한 벌판에 나무를 심는 것이다.
숲이 우거지면
벌과 나비가 날아오고
새소리가 들릴 것이다.

맺는 글

잃어버린 용서容恕를 찾아서

오늘도 습관처럼
잃어버린 당신을 찾아서 길을 떠납니다.

오늘은 꼭 당신을 만나고 오리라는 비장한 각오로
낮술을 한잔하고 장도에 올랐습니다.

길은 길에 연하여 끝이 없고
술은 술을 불러 벌써 나를 잃어버렸습니다.

어디에서 내려야 당신을 만나는지 목적지도 잊은 채
녹슨 철길에서 흔들리고 있습니다.

용서容恕하러 가는 것인지…
용서를 빌러 가는 것인지…
이미 용서는 술에 녹아 취해버렸습니다.

한기가 느껴져 눈을 떴을 때
나는 오늘도 오이도 종착역에서 새벽을 맞이합니다.

용서容恕에 대하여

긴 세월 못 잊음 하나로
당신이 지나칠 것 같은 길목에
독고마리를 심어놓고 기다려왔습니다.
당신의 옷자락에 붙어서라도 같이 가고 싶어서…

단 한 번이라도 당신이 꼭 용서의 길목을 지나가리라는 믿음을
신앙처럼 굳혀가면서…

흐르는 세월에 퇴색된 믿음이 수치입니까?
인생의 목적이 꽃을 피우기 위해선가요?
열매를 맺기 위해선가요?
벌써 서리가 내리고 있습니다.

내가 당신을 용서하지 못하는 것은
당신을 미워하고 증오하기 때문만은 아닙니다.
당신도 나와 같은 짐을 지고 있기 때문입니다.

용서의 시작은 잊는 거겠지요?
눈에 보이는 어느 것 하나
용서의 이유는 되지 못했던 지난 세월…

내 눈은 깊이를 알 수 없는 아주 먼 곳을 향했지만
항상 미움과 증오의 늪으로만 빠져든 세월이었습니다.

이제는 용서를 빌고, 용서받고 싶습니다.
바람에 흔들리고 비에 젖어도, 아직 쓰러지지 않은 이유는
상처의 뿌리가 깊었기 때문입니다.

미워하는 마음이 손님처럼 찾아와
주인처럼 온 가슴을 채우고 살아온 세월…
용서하지 못하므로 괴로워하는 흔들림…
나도 그 옆에서 지남철指南鐵처럼 남쪽을 향해 몸서리치며 살
았습니다.
백발이 다되도록 증오심을 앞세워 어둠 속을 방황하면서…

한 손은 용서를 비는 손이고
한 손은 용서를 받아들이는 손이라는 것을 이제야 알았습니
다.
눈 뜨고도 보지 못한 용서가
눈을 감고 보니 보이기 시작합니다.

오늘부터는…

하루하루를 쌓아가는 것이 아니라
하루하루를 지워가며 살겠습니다.
지워가야 당신을 만날 수 있겠지요…

스스로 생각해
달콤한 말을 남발하는 혀를 놀리고 살았는데
혀를 쓰지 않고 꼬리만 흔들면서도
주인에게 사랑받는 개가 오늘은 더욱 존경스럽습니다.

용서는 잊는 것이겠지요?
용서는 주는 것이겠지요?
용서는 나를 위함이겠지요…

뻐꾸기 알을 제 새끼로 알고
온몸으로 품어 길러낸 딱새 한 마리…
오늘 당신에게 용서를 빕니다.
오늘 당신을 용서합니다.

하늘이시여!
 "우리에게 잘못한 이를 우리가 용서하듯이 우리 죄를 용서
  하소서!"

오늘부터는…

오늘부터는 누구를 사랑할까?
오늘부터는 누구를 용서할까?

오늘부터는 나를 사랑해야지.
오늘부터는 당신을 사랑해야지.

오늘부터는 나를 용서해야지.
오늘부터는 당신을 용서해야지.

맺는 글

– 어느 날 배달된
발신자 표시가 없는 메시지

여보게!
쓰러지는 것보다 중요한 것은
다시 일어서는 것이라 했네.
모든 걸 용서하고 용서를 빌며
다시 일어서게나!

여보게!
아름다운 세상이 존재하는 것은
진리가 아니라 믿음이라 했네.
당신의 형제는 그래도 당신을
사랑한다는 믿음을 잃지 말게나!

용서에 대한 노트

잃어버린
용서를 찾아서

초판 1쇄 발행 2018년 8월 15일
초판 2쇄 발행 2021년 7월 15일

지은이   신 광 순
펴낸이   장 지 섭
본문디자인   김 은 숙
인쇄·제본   (주)금강인쇄
펴낸 곳   도서출판 시인

등록번호 제384-2010-000001호
등록일자 2010년 1월 11일
13992 경기도 안양시 만안구 안양로 320번길 20(안양동) B동 2층
Tel 031-441-5558 Fax 031-444-1828
E-mail : siin11@hanmail.net / www.siin.or.kr

ⓒ신광순 2021 printed in Seoul, Korea
ISBN 979-11-85479-17-0 (03810)

정가는 뒷표지에 있습니다.